Massimo Marcialis

La scatola magica

Youcanprint *Self-Publishing*

Titolo | La scatola magica
Autore | Massimo Marcialis

Immagine di copertina a cura dell'autore

ISBN | 978-88-92626-73-7

Youcanprint Self-Publishing
Via Roma, 73 - 73039 Tricase (LE) - Italy
www.youcanprint.it
info@youcanprint.it
Facebook: facebook.com/youcanprint.it
Twitter: twitter.com/youcanprintit

Sinossi

Due ragazzini, fratelli, molto poveri, con i mille problemi della vita da affrontare, ma pieni di volontà e altruismo. Il loro padre, scomparso misteriosamente un anno fa, scienziato, era alla ricerca di innovazioni tecnologiche. Nel paese piove stranamente da troppo tempo, in qualsiasi stagione. Accade che, dopo una notte di pioggia insistente, i due ragazzi trovano uno strano oggetto, una scatola che si rivelerà magica. Inizialmente la usano in modo sbagliato, con la conseguenza di trovarsi in un mare di guai. Succederanno tante cose, finché ne capiranno il vero valore e il modo giusto di usarla. E cambieranno un mondo di errori.

La scatola magica

Eulya è un piccolo paesetto lontano dal mondo, nascosto dal verde delle grandi colline e circondato da altissime montagne. Qui, nel cuore del meraviglioso e antico paesaggio che in pochi hanno avuto la fortuna di ammirare, vivono Samuel e Iacopo, due ragazzini poveri, da sempre molto uniti fra loro. I due ragazzi non litigano mai, anzi, si aiutano a vicenda sempre, in qualunque difficoltà. Sono due ragazzi molto svegli e intelligenti, con un grande cuore nell'aiutare gli altri, un grande altruismo ereditato dai loro genitori.

E' autunno, piove, un grande temporale che scende giù senza pietà. I due ragazzini sono a letto nella loro stanza, nella loro piccola e desolata casa in campagna lontano dal paese, con un gran terreno che accoglie un modesto orticello, curato dalle loro manine, felici di contribuire ed aiutare nei lavori domestici.

La loro casa ha le finestre che non chiudono bene, il legno è vecchio, gonfio da quanto è impregnato d'acqua piovana ed entra facilmente il freddo e la pioggia. Samuel dice al fratello più piccolo di riposare, perché al mattino deve alzarsi presto per aiutarlo ad aggiustare la vecchia bicicletta, che usano insieme per andare a cercare funghi, purtroppo un altra non se la possono permettere.

La scuola nel paese vicino è chiusa da diversi giorni per inagibilità, anche lì, come nella casa dei ragazzi, piove all'interno delle classi, la pioggia insistente ha danneggiato seriamente il tetto, il comune deve aspettare i permessi e il finanziamento. Alcuni cittadini dei paesetti vicini hanno diverse volte riparato il tetto della scuola a spese loro, ma la situazione peggiora e non possono mandare più i loro figli a scuola, spendono così i loro soldi per avere a casa delle maestre.

Sono le ventidue, piove tantissimo da due giorni. Ultimamente, da circa due anni, in questo paesetto piove molto. Molte persone sono state testimoni di lampi che cadono notevolmente vicino alla casetta dei due ragazzi. Iacopo ha tanta paura dei tuoni e dei temporali, non riesce a dormire, non solo per la sua paura, ma sopratutto per i soliti pensieri per la vita disagiata che conducono. Pensa alla sua mamma, Rosina, che lavora per mandare avanti la famiglia, con mille sacrifici quotidiani. Lui sa che non può fare molto, anzi quasi nulla, anche perché ha solo otto anni. Samuel vede il suo tormento e intuisce subito i suoi pensieri, li conosce ormai da tanto, ne parlano spesso fra loro quando la mamma non c'è, lei ci rimarrebbe molto male nel sapere che loro, pur essendo piccoli, sarebbero disposti ad aiutarla, più di quanto già fanno nelle mille faccende domestiche. Anche Samuel ci pensa continuamente. Anche lui vorrebbe fare qualcosa di più di quanto fa per migliorare la loro situazione. Hanno un piccolo orto, ma non produce più a sufficienza. Poi va a cercare funghi, ma quei pochi che trova, quando riesce a trovarne, cerca di venderli in paese, ma purtroppo è troppo poco, non sempre in città li acquistano tutti, ed è costretto a riportarli a casa.

Anche lui come Iacopo è ancora piccolo, i suoi tredici anni non bastano per fare di più, nonostante tutto il suo impegno e la volontà, ha anche da pensare allo studio e la scuola lo impegna molto.

Il piccolo orto poi ultimamente non produce più granché, la troppa pioggia e il freddo rovinano continuamente il loro lavoro, mentre prima produceva tanti ortaggi e riuscivano a vendere qualcosa per vivere tranquilli.

Per dare coraggio al fratellino, Samuel gli cede la sua catenina d'oro, che porta sempre al collo, regalatagli dal loro padre, Antonio, scomparso misteriosamente un anno prima in una mattina di temporale come oggi, mentre lavorava in garage a un suo progetto. Era da sempre appassionato di tecnologia, anni fa lavorava in un centro di ricerche scientifiche e nucleari, ma nella fabbrica era successo un brutto incidente, un incendio che aveva distrutto il lavoro di diversi anni; lo stabilimento giorno dopo giorno, era stato abbandonato da tutti gli operai, scienziati e padri di famiglia, con la paura che gli succedesse qualcosa. Infine il direttore, rimasto praticamente solo e sul lastrico, chiuse tutto e si trasferì con la sua famiglia all'estero, in cerca di fortuna come tanti operai.

Per fortuna non c'era nessuno all'interno al momento dell'incendio, il fuoco ha iniziato verso le tre della notte, la centrale nucleare era in un altro fabbricato poco lontano, altrimenti sarebbe esploso tutto, avrebbe causato danni maggiori. I rilievi effettuati dagli esperti segnalarono un corto circuito al grande impianto elettrico, sempre in funzione per alimentare gli enormi macchinari elettronici. Un danno imponente, che ha impoverito tante famiglie, costrette a lasciare la città in cerca di lavoro.

Antonio, rimasto senza lavoro si era dato da fare da solo, cercando di mettere in pratica tutta la sua esperienza e passione di aspirante scienziato. Era laureato da pochi anni, ma data la sua bravura e intelligenza era stato subito assunto. Era un genio in matematica e fisica, la sua passione fin da bambino. Era riuscito a fare delle belle e utili invenzioni, aveva anche migliorato tanti oggetti di uso quotidiano, facendo felici amici e parenti.

La mattina se ne stava rinchiuso dentro al suo garage a sperimentare, non voleva mai nessuno vicino a lui, diceva sempre che era molto pericoloso e i bambini potevano toccare degli acidi o macchinari in movimento. La sera invece stava con la famiglia e si dedicava a riparare oggetti di amici e parenti, almeno così guadagnava qualcosa per vivere. In paese lo conoscevano bene ed era benvoluta tutta la sua famiglia; educati e gentili, gli amici e parenti cercavano di aiutarla come potevano.

Ma qualcosa dev'essere andato storto per lui la mattina che è sparito dal garage. Avevano trovato la stanza dove lavorava vuota, chiusa dall'interno, decine di quaderni, con strani disegni e progetti incomprensibili a chiunque, tutti i suoi appunti che teneva cifrati, con chissà quale chiave per tradurre i simboli. E' stato dato per disperso, la moglie non crede alla sua morte, sente che è lì vicino a loro a proteggerli come ha sempre fatto. C'è chi pensa sia scappato di casa, forse stressato, stanco, ma molti non ci credono, era troppo legato alla famiglia. Proprio lui, che dal giorno dell'incidente è rimasto vicino alla famiglia, confortandola e impegnandosi con le sue invenzioni.

Iacopo stringe la catenina tra le sue manine, facendo la sua preghierina quotidiana, pensando al suo papà. Gli manca molto, giocavano sempre insieme e ridevano a crepapelle ogni sera. La catenina gli dà un po di conforto e chiudendo gli occhi immagina di averlo vicino e di tenergli la mano, così riesce a tranquillizzarsi e si addormenta poco dopo, coprendosi il viso con le due coperte pesanti, per non vedere i lampi.

Passa qualche ora, Samuel non ha ancora preso sonno, lui non ha paura dei forti tuoni, non riesce a dormire perché è molto protettivo verso il fratellino, vigila sul suo sonno guardandolo mentre sussulta ad ogni tuono. Ma Samuel, stanco, si rilassa chiudendo gli occhi, ha il sonno molto leggero e se succedesse qualcosa sentirebbe subito il più debole rumore. La pioggia continua a scendere intensamente, si sentono gli alberi intorno che scricchiolano piegati dal forte vento.

Il cielo è sempre carico di nuvole nere ed energia elettrica, una strana pioggia locale, nei paesi oltre i venti chilometri invece la stagione è normale. Gli scienziati dicono che l'esplosione della fabbrica successa anni fa, possa aver causato cambiamenti climatici proprio nei dintorni.

Verso le due del mattino Samuel viene svegliato da un tuono fortissimo accompagnato da suoni strani, fischi e ronzii, ma più che un tuono sembra qualcosa che cade vicino alla casa, la terra ha tremato come se ci fosse stato un terremoto. Si affaccia di corsa alla finestra spaventato e curioso di vedere, con il cuore in gola, ma è troppo buio. I lampi illuminano qualche secondo la campagna, ma dalla finestra non si vede molto, piove ancora tantissimo e c'è vento freddo, non è assolutamente possibile uscire per vedere cosa sia successo. Iacopo dorme, non ha sentito nulla per fortuna. Samuel vorrebbe svegliarlo ma lo lascia tranquillo, altrimenti non dormirebbe più e magari la curiosità sarebbe più forte del freddo e convincerebbe il fratello ad uscire insieme. Si rimette a letto ma non riesce a dormire, è troppo agitato, ha paura che accada qualcosa e vuole stare sveglio per proteggere il fratellino. Ma dopo un oretta, in attesa dell'alba, crolla di nuovo, stanco, stringendosi al suo cuscino.

La notte passa quasi tranquilla senza altri incidenti, con la pioggia che non smette nulla, con le gocce che entrano nella casa cadendo dentro i barattoli messi dai ragazzi, battendo i secondi come un orologio, ci sono molte tegole rotte.

Sono le sette e mezzo del mattino, Samuel si alza e sveglia Iacopo raccontandogli quello che ha sentito la notte, mentre si vestono velocemente curiosi di uscire all'aperto. Appena sono pronti corrono fuori, dimenticando di fare la colazione, sono troppo emozionati di esplorare la campagna per scoprire quale sia il mistero. Per fortuna ha appena smesso di piovere, ma le pozzanghere intorno sono grandi, intorno alla casa è tutto allagato, i loro stivali quasi vengono coperti da quanta acqua è scesa.

Si guardano attorno, sentono un forte odore di fumo, ma non vedono molto perché c'è anche nebbia. Camminano presi per mano, seguendo a tentoni la ghiaia della stradina in discesa, verso il cancello principale. L'odore del fumo si fa sempre più intenso mentre entrano nel grande bosco di fronte alla loro casa.

A circa duecento metri trovano un enorme buca di circa cento metri di diametro, profonda due metri. Aiutandosi a vicenda si calano nella buca per curiosare, c'è tanto fumo e arbusti bruciati, nonostante fossero bagnati dalla pioggia hanno preso fuoco ugualmente. La nebbia comincia pian piano a diradarsi. I due ragazzi si guardano preoccupati, si sentono come in pericolo, hanno quasi voglia di scappare, ma sono attratti da questo mistero. Iacopo si allontana di qualche metro da Samuel, incuriosito da un oggetto luminoso poco distante, rimasto incredibilmente al riparo dalla pioggia, infossato nel terreno, da lontano sembra una lanterna accesa. Appena si trova vicino, nota che è una scatola metallica quadrata, grigia, di circa trenta centimetri. Questa emana molto calore e Iacopo non può toccarla, rimane lontano qualche metro, si sente il calore a distanza, impossibile avvicinarsi, rischierebbe di ustionarsi. Lo raggiunge anche Samuel e insieme si chiedono cosa possa essere. Si siedono per terra, sempre distanti dalla scatola, per vedere e aspettare che si raffreddi, nel mentre si guardano attorno. Davanti ad essa notano un cumulo di pietre, sembrano tutte uguali, hanno tutte la medesima forma, sono parzialmente immerse in una pozza d'acqua. La nebbia intanto è completamente scomparsa. I due si chiedono cosa ha provocato una buca così grande: di meteorite non c'è neppure l'ombra, pezzi di aereo neppure. Nulla di nulla. Solo un fosso gigantesco e quella strana scatola grigia. La loro fantasia comincia a viaggiare con mille domande,ma senza nessuna risposta:

-Che siano stati i lampi? Si chiedono...

Passano quindici minuti, la strana scatola si è raffreddata, mentre aspettavano e la osservavano, sentivano una ventola all'interno che girava velocemente, come quelle dei computer. Si avvicinano cautamente, hanno un po' paura ma anche una grande emozione, si tengono per mano facendo i passi lentamente.

Iacopo la prende coraggiosamente tra le mani tremolanti, è solo tiepida ormai, la guardano attentamente, la girano e rigirano senza capire a cosa possa servire e sopratutto di chi sia e come mai si trova lì.

Questa strana scatola ha un foro tondo su un lato e uno sportellino chiuso, dalla parte opposta al foro. Ha anche dei piccoli led spenti sopra, delle porte usb da due lati e varie prese, sembra quasi un computer. I led sono quattro, tutti in fila, spenti. Decidono allora di portarla a casa per studiarla meglio e cercare di vedere cosa c'è all'interno. I ragazzi notano che c'è troppo silenzio intorno, non si sentono le solite rane nello stagno, né una mosca ronzare, nessun cane che abbaia. Case vicine non ce ne sono, il paese più vicino dista circa 8 chilometri. I ragazzi sono un po' spaventati da questa situazione strana che gli sta capitando, ma per loro è pur sempre un emozionante avventura.

La madre è a lavoro in paese da una sua zia, Francesca, una donna molto anziana malata, non ha cellulare con sé e non c'è telefono fisso nella casa dove lavora. I ragazzi si ritrovano quindi soli ad affrontare il problema. Camminando verso casa, Samuel vede un bel fungo e lo mette nella tasca della sua giacca. Arrivati a casa i due ragazzi provano a telefonare a degli amici del paese, ma la linea telefonica sembra non funzionare, sicuramente a causa del temporale.

Si siedono intorno al tavolo e appoggiano la scatola. Purtroppo non hanno un computer per collegarla. Samuel la osserva, la guarda attentamente da tutti i lati, la prende tra le mani, la gira e rigira per oltre un ora cercando di capire qualcosa: all'interno, attraverso il foro, non si vede quasi nulla, rimane buia e fredda, anonima e misteriosa; la poggia sul divano e i due si siedono vicino al misterioso oggetto, quasi arresi, non sapendo più cosa fare, annoiati e delusi. Si ricorda del fungo che ha in tasca e lo tira fuori per ammirarlo, poi lo poggia distrattamente sulla scatola. Il fungo incredibilmente entra dentro essa. Automaticamente si è aperto uno sportello a scorrimento da sopra e in un secondo si è richiusa. Il ragazzo scatta in piedi sorpreso, prende in mano la scatola cercando di recuperare il suo prezioso fungo, ma questa, con grande stupore di Samuel e Iacopo, inizia a vibrare e illuminarsi all'interno di vari colori: rosso, arancione, viola, giallo, verde. La camera da pranzo viene illuminata sempre più intensamente da tutti questi bei colori, come un arcobaleno magico. L'interno della scatola ruota sempre più veloce, vorticosamente, come fosse una lavatrice in centrifuga. Samuel spaventato la poggia sul tavolo e si allontana velocemente, nascondendosi dietro il divano, temendo possa esplodere, urlando a Iacopo di correre al riparo insieme a lui. Iacopo invece è rimasto seduto sul divano a bocca aperta, non ha avuto neppure la forza di alzarsi, meravigliato da questa che vibra, non si aspettava potesse avere una sua energia. Sperava invece che ci fosse un piccolo tesoro all'interno, almeno per risolvere i loro problemi economici. Ma in fondo ora non è più deluso, anzi, pensa che in qualche modo possa fargli avere qualche soldo, magari vendendola al negozio di antiquariato in paese. Non sembra un giocattolo, è fatta di metallo ma non è molto pesante, sembra di alluminio. Samuel non è però d'accordo con Iacopo, non vuole venderla, almeno non così facilmente, prima vorrebbe perlomeno capire di cosa si tratta, potrebbe avere un valore molto maggiore di qualche soldo, e la gente, si sa, ne approfitterebbe subito, intuendone l'eventuale importanza.

Dopo quindici interminabili secondi la scatola smette di vibrare, il suo interno rallenta i giri fino a fermarsi del tutto.

Samuel vuole recuperare il suo fungo, prende la scatola ma è calda, inizia di nuovo a vibrare e il ragazzo ancora una volta spaventato la lascia andare sul tavolo, con le mani quasi ustionate. La vibrazione si interrompe, ma improvvisamente dal foro esce un raggio bianco/azzurro di circa 30 cm che si proietta a distanza dalla scatola verso il tavolo.

La scatola riprende brevemente a vibrare in modo più leggero, senza luci colorate e dove termina il raggio luminoso appare il fungo, sembra uscito magicamente da solo.

I due fratelli rimangono un minuto in silenzio, guardando la scatola e fissandola con gli occhi sgranati.

Samuel coraggiosamente la prende in mano, è ancora un po' calda ma sopportabile, sente delle ventoline che girano all'interno, sicuramente è il sistema di raffreddamento. Guarda attraverso il foro e rimane ancora più stupito di prima, cerca di parlare con Iacopo, dirgli ciò che vede dentro, ma non riesce a dire nulla. Iacopo, vedendo il fratello in quello stato, si avvicina a Samuel e gli chiede di far guardare dentro anche lui. Samuel gliela passa e Iacopo rimane meravigliato. Una cosa apparentemente impossibile è successa. Al suo interno, infatti, c'è ancora il fungo...ma il fungo è lì, sul tavolo. I ragazzini capiscono ancora meno di prima.

-Stiamo sognando! Dice Samuel all'improvviso, spezzando il silenzio della stanza.

-Non può essere! Non può! Continua Samuel, non sapendo cos'altro dire.

Se lo ripete all'infinito, pensando a qualche specie di proiettore di immagini virtuali, come quelli visti in paese nei grandi negozi.

Ma le cose non tornano ai due: il fungo non è una proiezione.

Lo prendono in mano e constatano che è proprio reale. Così come è reale anche quello rimasto ancora dentro la scatola, è lo stesso fungo o meglio, è una copia identica. Ma come è stato possibile?

Questa è la domanda che hanno i due fratelli in testa da ormai dieci minuti di silenzio totale, di stupore e di incredulità.

Iacopo vuole ora togliersi ogni dubbio cercando di estirpare il fungo rimasto dentro, ma lo sportellino nel lato opposto al foro sembra chiuso e impossibile da aprire. Lo sportellino ha dei fori nei quattro spigoli, quindi provano ad infilare un piccolo cacciavite in uno di essi, si accende un led rosso sopra la scatola ma non si apre e il led rosso si spegne. Prova allora in un altro foro e si accende un led arancione. Li prova tutti, ognuno fa accendere un led di un colore diverso, ma non si apre lo stesso.

Iacopo dice che magari bisogna premerne due insieme, provano tutte le combinazioni possibili, ma nulla. Provano poi tre fori insieme, ancora una volta con tutte le combinazioni possibili, segnandole su un foglio perché iniziano ad essere tantissime e ancora non succede nulla. Quindi non rimane che premerli tutt'e quattro insieme e finalmente lo sportello si apre, accendendo così anche tutti i led. Verificano così che anche il fungo che era all'interno è reale e non una proiezione. Li tengono in mano tutt'e due i fratellini, sempre più meravigliati e incapaci di dire qualunque cosa. Si siedono sul divano ognuno con un fungo in mano, confrontandoli, cercando di capire. Sono proprio uguali, ogni puntino è uguale, ogni piccola ruga del funghetto è perfettamente uguale all'altra. Pensano in silenzio, nelle loro menti albergano mille domande, ma nessuno dei due riesce a dire nulla all'altro.

Improvvisamente Samuel si alza in piedi e dice:

-E' forse un aiuto dal cielo questo? Se ho duplicato un fungo così facilmente, chissà se allora potrò farlo ancora.

Samuel lo dice ma non è molto convinto. Iacopo gli dice di provare e togliersi così il dubbio. Ormai la paura iniziale è passata, non temono più il vibrare improvviso, il calore, le luci colorate e il raggio che fa uscire un terzo fungo. Certo, non manca di nuovo lo stupore dei due, che iniziano finalmente a capire che cosa hanno in mano, una scatola che in qualche modo clona l'oggetto che è al suo interno. Samuel è in lacrime, commosso da quest'oggetto magico, misterioso. Se inizialmente aveva un po' paura ora sono entusiasti ed emozionati. E l'idea che il cielo abbia mandato un aiuto per loro sembra sempre più valida. Ma non si spiegano però l'enorme buca rimasta nel terreno: una scatola così piccola che lascia un fosso enorme. Ma cosa può essere successo la notte precedente?

Samuel inizialmente per divertimento e sperimentare la scatola, uno dopo l'altro riesce a duplicare 35 funghi. Solitamente per trovarne 10 in campagna, ci mette tutta una mattinata, andando bene. La scatola inizia a scaldare troppo e non possono continuare il divertente lavoro, nella stanza la temperatura è estiva, i ragazzi sudano parecchio, quasi non si respira e rischiano qualche ustione. Le finestre aperte non bastano ad abbassare i gradi, nonostante il freddo esterno. Ma Samuel ora è felice:

-Domattina, se non piove, li porterò in bicicletta in paese per venderli. Dice entusiasta.

Iacopo, quasi per gioco, ma anche per aiutare il fratello, capendo le enormi possibilità, dopo aver lasciato raffreddare la scatola, prende l'unico uovo che avevano nel frigorifero e riesce a duplicarne 18 in un ora, felice di partecipare a questo nuovo e strano lavoro, che è praticamente un gioco divertente.

Samuel e Iacopo ripensano al momento in cui hanno trovato la scatola. Ricordano che lì vicino c'era un cumulo di pietre e capiscono che la scatola ha clonato automaticamente le pietre e l'acqua finita dentro.

Samuel pensandoci bene, crede che sarebbe meglio non dire nulla a nessuno di questo per il momento, neppure agli amici, magari dirlo solo alla mamma quando rientra dal lavoro, ma comunque era un segreto da tenere a casa loro. Una piccola fonte di ricchezza tutta per sé.

Samuel fa un po' di conti e capisce che con qualche ora al giorno, riuscirà a guadagnare abbastanza, vendendo i funghi e le uova. Può anche permettersi di abbassare il prezzo, per poter vendere più facilmente, magari mettendo lui stesso una bancarella all'ingresso del paese. Chiude per un attimo gli occhi sognanti, si vede già fruttivendolo all'ingrosso, col suo bel negozio fornito di tante cose buone. Iacopo nel mentre va alla ricerca in dispensa di cose da poter duplicare, trova solo una patata e 2 cipolle raccolte nell'orticello, che non sono poco, vista la fonte in grado di farne a centinaia con un po' di impegno. Tra l'altro la scatola funziona anche da stufa, almeno non soffrono il freddo nella loro casetta. I ragazzi ridono e dimenticano momentaneamente tutti i loro problemi, per loro è stata una grande fortuna aver trovato quella scatola.

La mamma ha finito il suo turno di lavoro e sta rientrando a casa, accompagnata in macchina da Michele, il fratello di Francesca, la signora anziana dove lavora. Samuel decide che per il momento è meglio non dirle nulla, vuole sorprenderla in seguito con i soldi che guadagneranno dalle vendite e consiglia anche Iacopo di mantenere il segreto. Iacopo sarebbe stato entusiasta di raccontarlo, ma accetta quanto dice il fratello, che è più grande di lui. Gli chiede però come farà a giustificare tutta la roba che hanno duplicato e Samuel dice che diranno alla mamma che il loro piccolo orto ha prodotto qualcosa.

La mamma arriva, stanchissima, abbraccia i due figli che gli raccontano della loro giornata passata nell'orto a raccogliere chili di ortaggi, approfittando della giornata senza pioggia. Non vorrebbero raccontarle bugie, ma per il momento preferiscono così, in seguito penseranno a come dirle la verità. La mamma, un po' stanca per la giornata e felice per la notizia, si distende sul divano e si addormenta.

Samuel ne approfitta per nascondere la scatola, lasciata velocemente dietro il divano, appena ha sentito la macchina arrivare e la mette sull'armadio, nella sua cameretta.

Passano i giorni tranquillamente, Samuel vende circa 50 funghi e 50 uova al giorno, Iacopo è felice di aiutarlo nel lavoro, oltretutto si diverte, impara il commercio e il valore dei soldi. Samuel nei giorni a seguire aggiunge un po' di mele e pere, gli è bastato comprarne una al mercato per poi farne le copie.

Gli affari per la famiglia sembrano andare a gonfie vele, Samuel riesce a comprarsi finalmente un motorino per gli spostamenti da casa al paese.

Passa circa un mese di divertimento e di commercio, Samuel sembra meno entusiasta, guadagna abbastanza bene, o almeno, la loro situazione è senz'altro migliorata, ma vorrebbe di più. La scatola produce bene senza esaurimento, ma Samuel non si accontenta, decide di lasciar perdere la clonazione dei funghi e di nascosto dal fratellino, passa a duplicare le monete guadagnate, abbandonando completamente la vendita della frutta. Raddoppia così i soldi messi da parte.

Ormai tutta la sua cameretta è piena di monete, ma giorno dopo giorno diventa sempre più avido di denaro, le piccole monete che duplica non gli bastano e sente il bisogno di avere di meglio, il loro valore è troppo basso per lui. Prova con le banconote, ma si rende conto che il numero di serie rimane uguale e non potrebbe farlo per molto, rischiando di passare da falsario. Rimane giorni a pensare cosa ha di più prezioso, alla fine decide di duplicare la catenina del padre, sembra quasi non abbia più sentimenti nemmeno per la mancanza del genitore. Così ne fa dieci copie e col suo motorino sotto la pioggia, le porta nei paesetti vicini per rivenderle nei negozi di oro usato. Ma anche questo dopo qualche giorno non gli basta.

Iacopo lo vede sempre meno, quando è a casa è sempre nervoso, gli chiede perché abbia lasciato stare il lavoro che facevano insieme, il piccolo ormai non vede più neppure la scatola. Il fratello è diventato geloso di quell'oggetto sempre più prezioso. Samuel ha anche iniziato a fumare, sta sempre in giro, a volte anche di notte, non è più lui, il fratello che aveva da sempre accanto nei momenti di bisogno non è presente come un tempo per confortarlo, per consigliarlo. Iacopo prova a chiedergli cos'abbia, ma lui lo guarda con aria di sufficienza. Decide a questo punto, in segreto da Samuel di parlarne con la mamma, che fiduciosa in loro, non si era mai preoccupata di sapere cosa facevano in sua assenza, i genitori li hanno da sempre educati e insegnato ad essere dei ragazzini responsabili. Ed effettivamente lo erano, lo sono sempre stati, almeno fino all'arrivo di quella strana scatola. Ma la madre, con tutti i suoi impegni e mancando tutto il giorno, non aveva notato il cambiamento.

Samuel è uscito col suo motorino, la mamma, che oggi non lavora è a casa con Iacopo, il bambino prende coraggio per parlarle del loro segreto.

La mamma ascolta il figlio incredula, lui è in lacrime, ormai si sente abbandonato dal fratello maggiore. Dal suo pianto disperato, la mamma avverte che sta dicendo la verità.

Iacopo fa vedere il nascondiglio della scatola alla mamma, che appurato il misterioso potere, pensa cosa può fare per risolvere la brutta situazione. Buttare la scatola no, per loro che son poveri non sarebbe una buona idea. Decide così di affrontare il figlio appena rientra e lo aspetta sul divano. Samuel rincasa, vede la faccia della mamma e capisce che c'è qualcosa che non va.

-Dobbiamo chiarire alcune cose Samuel, hai voglia di parlare un po' con me? Gli dice la mamma con tono tranquillo.

-Cosa vuoi sentirti dire? Chiede Samuel nervoso.

-Non mi parli molto ultimamente, c'è qualcosa che vorresti raccontarmi? Ci sono delle cose che devo sapere? Sei cambiato Samuel, stai crescendo, sei sempre stato responsabile e ti ho sempre dato fiducia, se c'è qualcosa che devi dirmi, confidati, sono tua madre...

-Non ho molto da dirti, mamma. Come hai detto tu sto crescendo, ho dei problemi che devo risolvere ma riguardano soltanto me, sono ormai abbastanza grande da decidere da solo, tu stessa mi hai insegnato a sapermi destreggiare nelle difficoltà e voglio dimostrare a me stesso di esserne capace, comunque ti ringrazio e ti assicuro che non avrò guai.

Iacopo guarda il fratello con un espressione che implora di dirle la verità. Samuel guarda il fratellino e per un attimo sembra quasi vergognarsi di come lo ha trascurato, intuisce subito che ha parlato con la mamma del loro segreto. Va in cameretta, prende dal nascondiglio la scatola e uscendo di casa dice:

-Io esco, ho bisogno di aria e di pensare, scusatemi, scusa mamma! E se ne va a piedi, lasciando il motorino nel giardino, ora non piove. Ha bisogno di camminare per sfogare la sua rabbia. Ma dentro sapeva che prima o poi sarebbe successo.

La mamma rassicura Iacopo che presto gli passerà e rientrerà chiedendo scusa, Iacopo piange, non aveva mai visto suo fratello comportarsi in quel modo, abituato da sempre ad averlo vicino in tutti i suoi momenti di difficoltà. E ora avrebbe tanto bisogno della sua vicinanza, gli mancano le sue parole di conforto, le loro risate e i giochi insieme.

-Accidenti a quella scatola! Esclama Iacopo arrabbiato, ora si sente in colpa, ma non per aver detto alla mamma il segreto, ma perché è stato lui per primo a trovarla. Quello che per loro inizialmente è stato di aiuto, si sta rivelando un oggetto che li sta dividendo.

Samuel vaga a piedi per la campagna senza neppure accorgersi di aver fatto diversi chilometri, è da sempre abituato a camminare tanto ogni giorno, pensieroso non sente la stanchezza nelle sue gambe, ma a questo punto, senza rendersene conto, è ormai arrivato in paese. Ha quasi finito le sue sigarette e vuole arrivare a prenderne due pacchetti di scorta. Ma non vuole farsi vedere dai suoi amici con la scatola in mano, farebbero troppe domande e non ha voglia di parlare con nessuno. Decide così di entrare in un fienile lì vicino, dove a volte si sdraia per studiare e rilassarsi, per vedere se riesce a nasconderla momentaneamente fino al rientro. Entrando nel fienile però inizia di nuovo a piovere, Samuel si sdraia in attesa che smetta ed ha un idea migliore, invece di camminare ancora per arrivare in paese, le sigarette decide di duplicarle con il suo prezioso arnese. Ci mette dentro le ultime quattro sigarette e da quelle otto ne fa altre sedici. Non ci aveva ancora pensato, ma ride soddisfatto di non doverne più comprare e spendere soldi. Ma è talmente assorto nei suoi pensieri e indaffarato col suo lavoro, che non si accorge che in mezzo alla paglia ci sono nascosti due uomini che guardano increduli ciò che fa. Uno dei due, passato lo stupore iniziale, si avvicina piano piano alle sue spalle e senza fare il minimo rumore riesce a bloccargli le braccia.

-Chi sei? Cosa fai qui? Che diavoleria è questa? Gli dice l'uomo.

-Lasciatemi stare!Chi siete? Urla Samuel spaventato.

-Siamo due evasi di prigione, ragazzino. Lui è Gianni e io sono Tony, rapinatori un po' sfortunati, fino ad ora. Ma crediamo che grazie a te la nostra sfortuna stia per finire. A meno che tu non sia un prestigiatore, ci è sembrato di capire il funzionamento della scatola che hai tra le mani. Dove l'hai presa? L'hai costruita tu?

-È solo un giocattolo! Dice Samuel spaventato nello vedersi scoperto.

-Dammela che voglio verificare di persona, ma se mi stai prendendo in giro... guai a te! Esclama Tony strappandogliela di mano.

-No! Lasciatela, vi darò dei soldi che ho da parte, vi prego. È molto importante per me questo giocattolo! È di mio fratellino.

-Ah Ah Ah! Certo, come no! Un giocattolo, mi credi stupido forse?!Adesso ci metto dentro il mio orologio e se ne esce uno uguale penso che sto per diventare il più ricco del mondo...Ah Ah Ah!

E così dicendo Tony mette dentro la scatola il suo orologio e magicamente avviene l'ennesima duplicazione.

-Ah Ah Ah! Come immaginavo! Io me ne intendo un po' di queste cose, mio fratello lavorava nello stabilimento di fisica quantistica, me ne parlava spesso delle cose che costruivano lì, questo coso funziona con lo stesso principio. Guarda Gianni, abbiamo appena vinto questo giocattolo che ci regala il ragazzino.

-Grandioso!- Esclama Gianni. -Non so come sia possibile, ma quest'aggeggio è davvero miracoloso! Non capisco come sia potuto finire nelle mani di un moccioso, cosa ci duplicavi ragazzino? I tuoi soldatini e le macchinine per giocare? Io invece ho intenzione di tirare fuori dal mio nascondiglio il pacchetto di polvere bianca purissima e produrne a chili. Abbiamo in mano qualcosa che ci farà diventare ricchi in una settimana.

-Bene, ragazzino, tutto questo è merito tuo e per ringraziarti ti facciamo un bel regalo, puoi iniziare ad andartene. Esclama Tony con tono sarcastico.

-Sei sicuro Tony? Lo lasciamo andare così? Ci ha visti in faccia e potremo passare guai. Gli risponde Gianni preoccupato.

-Sono sicurissimo, chi vuoi che possa credere ad un ragazzino che racconta la favola della scatola magica? E poi non voglio sulle spalle la morte di un bambino, siamo ladri di auto e di galline, non killer. Al massimo ora diventeremo spacciatori ma niente di più, non voglio l'ergastolo, né per me, né per te, socio, e poi sinceramente non riuscirei mai a fare una cosa del genere. E ora basta con le chiacchiere, ho voglia di sfruttare fin da subito questa scatola. Senti un po', ragazzino, quest'affare ha delle pile? Quanto durano? Avrei tante domande da farti, ma se ce l'avevi tu, penso che chiunque non abbia problemi ad usarla.

-Non ha nessuna batteria. Dice Samuel, ormai rassegnato.

-Ora vattene, qui abbiamo del lavoro da fare! Gli dice Tony.

Samuel si alza ed esce triste dal fienile, contro quei due uomini non può fare nulla, neppure denunciarli, perché giustamente, come ha detto prima Tony, chi gli crederebbe.

Decide però coraggiosamente di nascondersi dietro gli alberi di fronte al fienile, per vedere cosa fanno e magari poterli seguire, è l'unica cosa che gli viene in mente al momento per tentare di recuperare la sua preziosa scatola.

Passa mezz'ora e Samuel è sdraiato dietro un cespuglio in attesa che escano i due uomini. Continua a piovere e cerca di trattenere gli starnuti che ogni tanto avverte dentro di lui.

Sente i due uomini ridere, vede le luci colorate che illuminano il fienile, hanno imparato subito il funzionamento della scatola, ma non escono ancora, magari aspettano che finisca la pioggia. Tony e Gianni sono molto entusiasti e così decidono di chiamare col cellulare due amici per raccontargli la novità. Finalmente dopo un ora escono, la pioggia continua, Samuel è fradicio, ma non la sente neppure l'acqua addosso, li segue silenziosamente, grazie al rumore della pioggia che scende e copre qualsiasi suono, Tony e Gianni non sentono i suoi passi.

Samuel ora inizia a sentire la stanchezza alle gambe o forse è un po' anche per la paura e lo spavento del brutto incontro, ma la voglia di vendicarsi e riprendersi la scatola è più forte.

Camminano già da un ora senza sosta, i lampi lontani illuminano la strada che percorrono nel buio della campagna. Segue la luce della pila dei due uomini, tenendosi a distanza, col cuore in gola per la paura di essere scoperto. Si sente salire la febbre, ha brividi di freddo, fame, ed è preoccupato per la madre e per Iacopo, lasciati a casa già da diverse ore, senza neppure dire dove andava.

Di colpo si rende conto che si è lasciato sfuggire di mano qualcosa più grande di lui, qualcosa che poteva gestire in modo diverso fin dall'inizio, ma l'entusiasmo iniziale e i suoi tredici anni gli hanno fatto fare errori, voleva diventare ricco, ma dal suo animo è uscita fuori l'avidità. Ma tornare indietro ora non può, l'unico modo per rimediare è reagire in modo intelligente.

Sua madre e Iacopo sono effettivamente molto preoccupati... Il telefono ancora non funziona a casa loro, uscire con quel tempo a piedi e al buio è impossibile per loro due, non gli resta che aspettare il suo ritorno impazienti, chiusi dentro casa. La mamma vorrebbe uscire a cercarlo, ma non può lasciare Iacopo da solo. Uscire poi per cercarlo dove? La campagna è enorme e di notte pure pericolosa, piove. Si, non gli resta che aspettare il suo rientro. Iacopo continua il suo pianto anche nel sonno, è crollato e la mamma lo tiene in braccio per coccolarlo, lei è stanchissima, ma non riesce a dormire, i pensieri in testa sono tanti. Non immaginava che il suo bambino potesse arrivare a tanto.

Tony e Gianni arrivano ad un vecchio casolare su una collina, questo è il loro rifugio, c'è tanta sporcizia intorno, lo hanno scelto apposta i due, per evitare di avere gente nei dintorni. Vivono qui da diversi anni, quando non sono in prigione.

Samuel tenendosi sempre a distanza ora sa dove si trova la loro casa, conosce bene quel posto, nei paraggi gli capita spesso di trovare qualche bel fungo. Non immaginava che fosse il rifugio di due criminali, sennò non si sarebbe mai avvicinato.

I due uomini però notano che nel loro rifugio c'è qualcuno, ci sono le luci accese nella casa. Facendo in modo di non essere visti cercano un nascondiglio per la scatola e l'unico posto affidabile sembra essere il vecchio pozzo, ormai vuoto da anni, in fondo al giardino vicino alla ormai trascurata serra. Tirano su il secchio con la manovella arrugginita e cigolante, vi mettono dentro la preziosa scatola e rimandano giù, chiudono il pozzo con pezzi di legno ed una pietra sopra. Si avvicinano cautamente alla casa per vedere chi ci possa essere e scoprono così che sono i loro vecchi amici chiamati prima al cellulare, sono già lì ad attenderli curiosi della novità. Ora pensano che non è una buona idea mostrargli la scatola, sono amici, ma pur sempre poco di buono, meglio non fidarsi.

Samuel rimasto lì fuori da solo si rende conto che non può tirare su la fune e recuperare il suo prezioso oggetto, la manovella arrugginita farebbe troppo rumore. Ha smesso anche di piovere e il fracasso metterebbe in allarme i criminali.

-Ragiona Samuel! Si dice fra sé e sé il ragazzo.

-Cosa posso fare? Devo trovare un modo per tirarlo su, non posso lasciarlo nelle loro mani, ho già fatto degli sbagli io, non oso immaginare cosa possano fare loro, si metterebbero a clonare armi o chissà cos'altro.

Rimane a pensare per un po' e poi l'unico modo che gli sembra possibile è di calarsi giù con una fune, sa di averne una disponibile poco lontano, da una vecchia altalena legata a due alberi. Col suo inseparabile coltellino ne taglia un pezzo lungo e torna al pozzo. Dopo aver silenziosamente rimosso la pietra e le tavole di legno, lega la fune al ferro della carrucola, sta per calarsi giù, quando improvvisamente si ferma, perché ragionando, se mentre lui si trova giù arrivassero i banditi, sarebbe in trappola lì dentro, non potrebbe risalire senza essere preso immediatamente.

-Accidenti! Sembrava troppo facile, devo trovare un altro modo, senza sentirmi in pericolo! Esclama Samuel.

Ma in quel momento è costretto a nascondersi, perché sente dei passi che si avvicinano minacciosi dietro di lui in lontananza. Va pian piano strisciando per non essere visto verso la serra abbandonata a fianco al rifugio, cercando di non fare rumore, apre la vecchia porta ed entra all'interno. Va verso la finestra per tenere d'occhio il pozzo e la casa, per vedere cosa fanno. I lampi lontani illuminano ogni tanto il pozzo ma non riesce a vedere nulla da quella posizione. Improvvisamente la porta della casa dei banditi si apre, anche loro si sono accorti che c'è qualcun altro nei paraggi.

-Fermi o spariamo! Urla Tony.

-Esci fuori con le mani bene in vista,non lo ripeteremo un altra volta! Dice Gianni.

La loro pistola giocattolo usata per le rapine la riconoscerebbe anche un bambino, ma solitamente la usano al buio, come adesso e nessuno la distinguerebbe da una vera. Puntano le torce verso i rumori cercando di vedere chi si sta avvicinando, pensando a un imboscata della polizia, che li cerca da quando sono evasi di prigione, già da tre giorni.

Ma le loro torce illuminano uno spaventatissimo cervo sbucato dal bosco, i banditi tranquillizzati si guardano in faccia, scoppiando a ridere. Il cervo, impaurito dalle risate e abbagliato dalla luce puntata negli occhi, corre come impazzito, andando proprio verso la serra. Samuel, che sta osservando la scena dalla porta e dalla finestra cercando di vedere bene, capisce che presto il suo nascondiglio verrà scoperto, quindi si sposta in un altra stanza in fondo, inciampa nel buio, cade sul coperchio di una botola. Pensa allora di nascondersi là dentro, solleva a fatica il pesante coperchio in legno e ferro e trova una scala di mattoni che porta giù. Arriva all'ultimo gradino a tentoni, è buio e non ha con sé torce. Ha però l'accendino in tasca, per fortuna è chiuso nella confezione delle sigarette, rimasto quindi asciutto. Lo accende ogni tanto per farsi strada, ma diventa caldo e le dita fanno male. Camminando fra enormi ragnatele, arriva in una piccola stanzetta, con sua grande sorpresa, illuminando la parte alta, vede che si trova proprio sotto il pozzo, con il secchio appeso a tre metri sopra la sua testa. Sente le voci dei banditi, sono molto vicini al pozzo, urlano e ridono, devono aver bevuto parecchio. Samuel deve stare attento a non farsi scoprire. Si guarda intorno illuminando con l'accendino e vede una scala in legno poggiata per terra, i gradini però non ci sono tutti, il legno a contatto con l'acqua ha fatto marcire i pioli. Quella piccola stanza si riempiva d'acqua fino a salire al pozzo, tanto tempo fa era la riserva della serra, chi l'aveva costruita aveva fatto in modo di portare l'acqua sia al pozzo che alla serra grazie a delle tubazioni. Samuel tenta comunque di prendere la scala e vedere se tiene il suo peso, due gradini al centro sembrano ancora buoni. Dopo averla posizionata in direzione del secchio, a fatica riesce ad arrampicarsi quasi fino ad arrivare a toccarlo, gli mancano ancora trenta centimetri, muoversi di più così in bilico però non è molto sicuro, le voci degli uomini di sopra sono ora più lontane e le braccia del ragazzino tremano, sono deboli per poter muoversi agilmente. Samuel fa un enorme sforzo, con le gambe e le braccia fa leva attraverso la parete stretta del pozzo e finalmente con una mano riesce ad arrivare a riprendersi la sua preziosissima scatola. Ora però ha le mani impegnate ed è scomodo ridiscendere, non gli resta che buttarla di sotto, sperando non si danneggi. Per fortuna il terreno sotto è fangoso e morbido, perché dopo aver lanciato la scatola, scivola giù pure lui. Ha battuto un braccio proprio sulla scatola e gli fa un po' male, ma la paura che da un momento all'altro arrivi qualcuno, gli dà coraggio e risale i gradini di mattoni e torna alla finestra per vedere com'è la situazione fuori. I quattro uomini, mezzo ubriachi di birra e annoiati, stanno dando la caccia al cervo, ma l'animale ha i riflessi veloci e riesce a sfuggire a ogni loro mossa. Gli tirano pietre e pezzi di legno, il cervo è molto nervoso e impaurito. I banditi stanchi e rassegnati lasciano perdere il loro stupido gioco, barcollando rientrano in casa, con risate disumane. Samuel approfitta del momento per spalancare velocemente la porta e scappare da lì, inoltrandosi nel bosco, veloce quasi quanto il cervo.

Ora non piove e Samuel cerca di orientarsi nel buio per ritrovare la strada di casa, ma il cervo, rimasto lì dietro gli alberi corre velocissimo, ancora spaventato dai criminali, va incontro al ragazzino e lo butta per terra, convinto fosse uno di loro. Samuel rimane a terra dolorante, perde sangue da una gamba, con un pezzo di ramo conficcato nel polpaccio. Il cervo rimane poco distante, ora si è calmato e il suo istinto gli dice che il ragazzino a terra non era con gli uomini cattivi, si avvicina a Samuel cautamente, lo annusa, vede la ferita col il ramo e afferra con i suoi denti il pezzo di legno, riuscendo a tirarlo fuori. Samuel urla per il forte dolore provocato, il cervo scappa di nuovo lontano, spaventato. I ladri sentono le grida del ragazzo e si precipitano fuori, sono sempre più ubriachi e fanno fatica a capire cosa succede. Gianni punta la sua torcia verso gli alberi e nota nel bosco il movimento del ragazzo, attirato dal rumore delle foglie e rami che calpesta, cerca di andargli incontro, anche perché lo ha riconosciuto, gli illumina il viso da lontano con la sua torcia, ma il cervo, che è poco distante, gli va addosso e lo scaraventa per terra ed egli batte la testa su una grossa pietra. I suoi amici cercano di lanciargli dei sassi per allontanarlo, ma il cervo, che ha riconosciuto i suoi nemici, evitando le pietre si scaglia contro di loro, scalciando riesce a buttarli tutti per terra, infuriato per quello che gli hanno fatto prima.

Samuel rimane seduto a terra, la gamba gli fa troppo male, sente le urla degli uomini, ma non riesce a vedere molto nel buio della notte, la vista è annebbiata dal dolore, le torce cadendo si sono rotte, ma capisce che il cervo si sta vendicando e sorride soddisfatto. I ladri hanno avuto ciò che meritavano, lui da solo non avrebbe potuto far nulla.

Samuel è molto debole, non può quasi camminare, la ferita gli fa tremendamente male, vorrebbe urlare per chiedere aiuto, ma non ce la fa. Il cervo, riavvicinato a lui per vedere come sta, sembra capire lo stato d'animo del ragazzo, ma è ancora spaventato e diffidente, non sa se aiutarlo o scappare via lontano. Il suo istinto ancora una volta gli fa scegliere di soccorrerlo, si inchina e il ragazzo capisce che può salire sulla sua groppa. Vi sale a fatica e così lo porta lontano da quel posto. Samuel febbricitante stringe a sé la scatola durante il viaggio con il suo nuovo amico, è stanchissimo e si addormenta lungo il percorso. Dopo circa mezz'ora di camminata il cervo è spaventato da qualcosa, c'è un rumore lontano che arriva alle sue spalle. È Tony con la sua moto che tenta di raggiungerli, è molto arrabbiato, gli urla di fermarsi.

Samuel si sveglia di soprassalto e si trova faccia a faccia con Tony. Non ha le forze per combattere, anche il cervo è stremato dalla stanchezza, ha fatto diversi chilometri con il ragazzo sulla sua groppa. Prova a lanciarsi contro Tony, ma le sue zampe stanche non reggono più. Tony, anche se ubriaco, riesce molto facilmente a strappare di mano a Samuel la scatola e soddisfatto ride e riparte a tutto gas. Samuel si stringe al cervo cercando conforto, piange, l'animale si è dimostrato un vero amico, ha rischiato la sua vita per aiutarlo. Riprendono insieme il loro lungo viaggio, stanchi e bagnati dalla pioggia.

È ormai l'alba, quando arrivano verso la casa di Samuel, il cervo, grazie al suo olfatto riesce a trovare l'abitazione del ragazzo, lo lascia sulla porta e corre via verso il bosco, si ferma un po' lontano e aspetta che entri, poi scappa via.

Samuel entra silenzioso in casa, convinto che dormissero, ma trova Iacopo e sua madre svegli che gli corrono incontro, lo aspettavano senza darsi pace. Si abbracciano, piangono tutt'e tre in silenzio, Samuel non riesce a guardare in faccia né il fratellino, né la madre, la sua vergogna è troppa, è pentito dei suoi errori, non riesce a dire nulla.

La madre sente che ha la febbre, lo fa sdraiare e gli prepara una tisana calda. Gli medica le ferite e mette una stretta benda nella gamba. Iacopo si siede in silenzio sul letto vicino al fratello, gli tiene la mano, ma Samuel, distrutto dalla stanchezza, si addormenta qualche ora.

Appena si sveglia, verso le 10 del mattino, racconta alla mamma e a Iacopo la sua disavventura, del suo amico cervo che lo ha aiutato e salvato. Vorrebbe incontrarlo ancora per ringraziarlo, sapere che sta bene.

-Non preoccuparti fratellone, recupereremo la nostra scatola, faremo arrestare chi ti ha fatto del male e ti aiuteremo a cercare il cervo, non lo conosco ma mi è già simpatico. Gli dice Iacopo per confortarlo.

-Penso che quella scatola in mano loro sia troppo pericolosa, lo è diventata anche in mano mia, mi ha fatto perdere totalmente il controllo. Dice Samuel quasi senza voce, vergognandosi ancora di ciò che ha fatto.

-Chissà se riuscirete a perdonarmi, non so cosa mi abbia preso, volevo diventare ricco, ma ho trascurato il mio fratellino, sono diventato egoista, non riuscivo più a controllarmi, un oggetto così in mano alle persone sbagliate può far fare cose impensabili, non voglio neppure pensarci. Ho dimostrato di non essere così responsabile come dicevo e come mi hai insegnato tu, mamma!

-Sei perdonato figlio mio, capisco perfettamente il tuo comportamento, volevi il meglio per noi, tutti possiamo sbagliare, l'importante è che sei qui, insieme alla tua famiglia che ti ama. - Gli dice la mamma abbracciandolo.

Passa qualche giorno e Samuel si rimette velocemente dalle ferite e dalle paure passate, ora la vede come un emozionante avventura da raccontare agli amici, anche se sa che nessuno gli crederebbe.

Il brutto tempo per il momento sembra sia finito, un raggio di sole filtra attraverso la persiana rotta, illuminando la stanza, come quello che usciva dalla scatola, quasi a voler ricordare loro che devono fare qualcosa per riprenderla.

-E tempo di agire. Dice Rosina.

Il telefono ha ripreso a funzionare, così la madre decide di telefonare a Michele, il fratello della signora dove lavora, per raccontargli cosa è successo e lui le dice che arriverà da loro dopo un ora circa. Giunto lì, chiede a Samuel dove si trova la casa dei malviventi e tutti insieme partono in macchina in cerca del loro nascondiglio. Samuel spiega a Michele la strada da percorrere, mentre egli col suo cellulare telefona alla polizia.

-Ho chiamato la polizia- dice Michele -dovrebbero arrivare tra non molto, insieme a loro troveremo quei banditi, così chiariremo tutto.

Nel mentre Tony è rimasto solo, i suoi amici sono morti per i colpi presi. Per diverse ore della notte trascorsa ha lavorato con la scatola, ha le mani ustionate, la faccia rossa come fosse rimasto al sole un giorno intero, ma non gli importa nulla, vuole diventare ricco subito. La stanza è come un forno, la scatola è rovente dal troppo lavoro ininterrotto. È riuscito a clonare la droga che aveva con sé. Da pochi grammi ne ha fatto un chilo. È soddisfatto e sa già dove portarla, ha diversi amici spacciatori. Nasconde la scatola dentro il suo nascondiglio, arrampicandosi nella canna fumaria del camino, dove anni prima aveva ricavato una perfetta e invisibile cassaforte e la mette lì dentro. Nel scendere non si accorge che si ferisce ad una gamba, strisciandola su di una lamiera, che gli provoca un piccolo taglietto. Il sangue inizia a gocciolare lasciando delle tracce di cui non si accorge minimamente. Prende la sua moto e con la droga clonata si dirige dai suoi amici, Sandro e Mario, che l'hanno aiutato ad evadere una settimana prima di prigione. Appena arrivato entra nel bar più malfamato del paese, si siede con i due e gli dice che ha una ottima occasione per loro.

-Ciao Tony, che ti è successo? Ti sei bruciato? Ti hanno buttato addosso benzina forse? Gli dice Sandro sorpreso.

-No, stavo arrostendo dei pezzi di carne e mi son bruciato. Nulla di grave, tranquillo. Risponde Tony con la prima scusa che gli viene in mente.

-Sentiamo.- Dice Sandro. -Cos'hai da proporci?

-Abbiamo visto che hai uno zaino, hai qualcosa lì dentro di interessante? dice Mario.

-Si.- Dice Tony, -qui dentro ho un ottima merce, se vi interessa ve la do a un buon prezzo. Si tratta di un chilo di roba purissima.

-Un chilo? E dove l'hai presa?- Dice sorpreso Sandro, -l'hai sicuramente rubata a qualcuno. Impossibile che tu l'abbia comprata, non hai un centesimo.

-Non posso dirti la fonte, ma se vi interessa dovete prenderla senza troppe domande. Conosco tanta altra gente che la prenderebbe subito. Ho pensato a voi prima degli altri per ricambiare il favore di averci fatto evadere, ve lo dovevo.

-Non lo so.- Dice Sandro dubbioso. -Se fosse rubata poi ci ritroveremo noi nei guai. Ma dov'è finito Gianni? E' di nuovo in prigione? Non sarà facile farlo uscire di nuovo, ora i controlli sono raddoppiati.

-Gianni è morto.- Dice Tony triste. -Una lunga storia, è stato attaccato da un maledetto cervo infuriato, ma se lo acchiappo me lo mangio. Tranquilli, la droga non è rubata. Ve lo garantisco al cento per cento. Non mi permetterei mai di inguaiarvi, anche perché poi sarei io nei guai se fosse rubata, vi pare? Dice furbamente Tony.

-Va bene,- dice Sandro, -voglio rischiare, ma il prezzo lo faccio io, facciamo un quinto del valore di mercato ,se non ti sta bene ti saluto. Mi dispiace per Gianni, era in gamba. Eravate insieme da tanti anni e con noi si è sempre comportato bene. Pazienza Tony, anche questo fa parte della vita. Ora sarai da solo e non so se riuscirai a concludere qualcosa, la mente era lui, tu seguivi le sue istruzioni.-

-Mi sta bene.- Dice Tony - Ma li voglio subito i soldi, devo nascondermi da qualche parte, ho bisogno di contanti, parto lontano. La polizia mi cerca e non sa che i miei amici sono morti, li ho sotterrati tutti nella serra del vecchio capannone. Ora sono da solo, è vero, ma sto già lavorando per sistemarmi bene e se va come penso, mi ritiro da questo sporco lavoro di rubare auto e galline e mi godo la vita. Ho diversi progetti nella testa.

-Buon per te.- Gli dice Mario, -ci piacerebbe sapere cosa stai facendo, ma sono affari tuoi. Ti auguriamo buona fortuna. Fatti trovare tra un ora a casa nostra e ti daremo i soldi, giusto il tempo di mettere insieme la cifra, abbiamo concluso entrambi un ottimo affare.

-L'affare più grande lo farete voi rivendendola.- Dice Tony. -Ma mi accontento e ne avrò abbastanza per stare bene per un bel pezzo. Ci vediamo dopo, ora vado a sistemare alcune cose. Naturalmente la droga ve la porto dopo a casa vostra, non per sfiducia, ma sapete bene, non voglio rischiare che ve la rubino o che finisca nelle mani della polizia, vale troppo per me.

Tony va via dal bar. Mario e Sandro senza farsi accorgere, decidono di seguirlo, sono troppo curiosi di vedere dove si procura tanta merce pura e vedere quali siano i suoi nuovi amici che hanno così tanta droga.

Intanto la polizia è arrivata al rifugio dei banditi. Diverse macchine circondano la zona. Bussano ma nessuno risponde. Sfondano la porta e iniziano a guardare dappertutto. Perquisiscono tutta la casa ma non trovano nulla, il disordine lasciato dai ladri è un caos totale. Uno di loro nota le gocce di sangue che tracciano tutto il percorso della ferita di Tony: dalla porta d'ingresso torna indietro fino ad arrivare al camino, dove nota la lamiera sporgente, insanguinata.

Il poliziotto intuendo che qualcosa è nascosto nel camino, prende un secchio d'acqua e lo butta sul fuoco rimasto acceso, lasciato da Tony per tenere lontano chiunque dal nascondiglio. La canna fumaria è però molto calda, i poliziotti non possono perquisirla subito.

Arrivano anche Michele con Samuel, Iacopo e la mamma. Samuel rivedendo quella casa si sente male, ha passato brutti momenti, ma quel posto gli fa ricordare anche il suo amico cervo conosciuto proprio lì.

-Chissà se lo rivedrò ancora... E' il pensiero che gli martella in testa, deve tanto a quell'animale.

Improvvisamente si sente un fortissimo tuono, ma il cielo ha solo qualche nuvola sparsa qua e là, non c'è nessun temporale, l'aria è carica di elettricità, a due chilometri c'è una centrale elettrica, però sembra provocato da qualcos'altro. Tutti escono fuori dalle auto che si sono spente da sole, incuriositi ma anche spaventati, notano nel cielo qualcosa di strano, come una distorsione nelle nuvole, come se qualcosa cercasse di uscire dalle nuvole stesse. Un ronzio e strani suoni accompagnano l'inconsueto fenomeno. Dall'alterazione appare come una cabina trasparente, avvolta da una nebbia che inizia a scendere sul terreno, accompagnata da lampi, illuminando l'aria circostante con colori brillanti e scintillanti. La terra trema, ma non è un terremoto, sono le fortissime vibrazioni generate da questa strana cabina. L'aria intorno diventa calda, la nebbia si fa sempre più fitta e vedere cosa succede diventa difficile. Un poliziotto prende dalla macchina un binocolo e riesce a vedere per un attimo che dentro questa cabina c'è Antonio, il padre di Iacopo e Samuel, che cerca di fare segnali d'aiuto ma sembrano inutili, nessuno riesce a vederli, i colori sono quasi accecanti e la nebbia intorno impedisce la visuale.

-Oh,ma è incredibile! Ma cosa succede? Esclama il poliziotto, passando il binocolo ai colleghi meravigliati come lui da ciò che vedono.

Il fenomeno dura una ventina di secondi, la cabina improvvisamente scompare, con forti tuoni e rumori assordanti, la terra smette improvvisamente di tremare, lasciando tutti spaventati e increduli. I centralini e le radio delle auto della polizia sono invasi di chiamate. Il paese vicino è nel panico totale, anche se a distanza, ha potuto osservare il fenomeno delle nuvole. Un gruppo di poliziotti decide di andare nel garage di Antonio, nella speranza di trovare qualcosa di utile. Chiamano gli esperti della scientifica e si danno appuntamento nella casa dell'uomo.

Tony è quasi arrivato al suo rifugio ma nota le luci lampeggianti della polizia e si nasconde dietro gli alberi secolari per non essere visto. Immagina subito che il ragazzino ha parlato, ma non immagina che il suo nascondiglio dentro il camino sia stato scoperto, è convinto che sia un posto sicuro e nessuno lo troverà mai. Cerca di avvicinarsi pian piano, tra un albero e l'altro strisciando fra i cespugli, sta già pensando il modo di recuperare la scatola e tutto ciò che ha clonato. Solo lui è a conoscenza di un passaggio segreto proprio dietro il camino: aveva costruito un bagno esterno e aveva ricavato una doccia finta a ridosso del muro della casa.

Riesce ad arrivare di fronte al bagno, ma intorno è pieno di poliziotti, non può avvicinarsi troppo alla casa. I due amici che lo seguivano arrivano alle sue spalle, gli chiedono come mai ci sono tanti poliziotti a cercarlo. Tony gli risponde che è dal giorno della sua evasione che lo cercano, nascondendo loro la verità.

I poliziotti, nel mentre stanno discutendo su quanto hanno visto e si chiedono come sia possibile che Antonio fosse lì dentro, sospeso in aria dentro una cabina. Sapevano che era appassionato di scienza, si chiedono che tipo di macchina sia riuscito a creare e pensano in quale brutto guaio si sia cacciato, immaginano la difficoltà per tornare indietro, catturato dalla sua stessa macchina.

Tutti pensano che abbia creato una macchina del tempo.

In effetti Antonio lavorava a un congegno, ma non proprio a una macchina del tempo, voleva creare qualcosa gli permettesse di entrare in altre dimensioni, cambiando la frequenza intorno alla cabina realizzata con le sue mani. Emettendo suoni, aveva studiato e calcolato le frequenze hertz e i campi magnetici. Erano mesi che ci lavorava e dopo tanto tempo era riuscito nel suo progetto,ma qualche difetto o qualcosa che non riusciva ancora a capire, gli impediva di renderla perfetta. La cabina era stata catturata da qualche dimensione, tenendolo imprigionato. Nell'abitacolo ha un monitor dove a volte vede la dimensione terrestre, purtroppo non sempre perché ci sono molti disturbi magnetici, generati sia dalla cabina che da altre frequenze e scariche elettriche.

La scatola trovata dai figli fa parte della cabina, ne ha altre tre sotto di essa, in pratica sono dei generatori di energia, necessaria per i suoi viaggi dimensionali. Le aveva progettate e costruite apposta in modo che generassero energia infinita clonando gli atomi assorbiti e trasformandoli in altri atomi carichi elettricamente.

Il temporale, causato proprio dagli esperimenti di Antonio, la centrale elettrica vicina e le forti vibrazioni generate dai disturbi, hanno fatto staccare una delle quattro scatole, dunque ora si trova intrappolato in due dimensioni, con la cabina indebolita, gli manca molta corrente.

Nella dimensione in cui si trova ora il tempo non scorre, Antonio non invecchia, non sente né fame, né sete, si ritrova in un posto dove non c'è nulla, attorno solo una luce bianchissima, come rinchiuso in una bolla, nessun rumore intorno a lui. Non si è reso conto che è passato già un anno, da quando la sua cabina è stata proiettata e catturata da energie potenti e sconosciute.

I poliziotti finalmente riescono ad accedere al camino, scoprono quasi subito il nascondiglio, togliendo le viti messe sulla lamiera. Si accorgono facilmente, anche di un pulsante che apre il passaggio segreto, si ritrovano così nel bagno e uscendo bloccano subito i tre uomini, che si sono praticamente messi in trappola da soli.

Iacopo ha freddo, è stanco e la mamma decide di rientrare a casa, chiede a Michele se li può accompagnare. Samuel nel tragitto per rientrare a casa, racconta a Michele il ritrovamento della scatola e tutta l'avventura, lui l'ascolta incredulo ma la mamma conferma le sue parole.

-E' vero Michele, ho assistito anch'io, credimi, sono rimasta davvero stupita di cosa il mio caro Antonio ha creato, stando chiuso nel suo garage, mio marito è un genio! Non avrei mai immaginato una meraviglia del genere. Se mi avesse detto qualcosa, ci saremo messi d'accordo, nel caso fosse successo un imprevisto, avrei potuto aiutarlo da qui. Mentre lo dice, Rosina è invasa dalla nostalgia per Antonio e le sue guance si rigano di lacrime, ormai segnate dal lavoro e dalla sofferenza.

-Mamma, non mi sento bene. Dice Iacopo con debole voce.

La mamma gli dà un bacio sulla fronte e sente il bambino molto caldo, ha brividi, è pallido in viso. Molto preoccupata chiede a Michele se può andare più veloce, sicuramente la stanchezza e il freddo gli hanno fatto venire l'influenza. La macchina corre veloce nel buio, Michele lo vorrebbe portare all'ospedale ma è molto lontano e piove tantissimo, affrontare il viaggio diventa difficile e nella vecchia macchina di Michele non funziona neppure il riscaldamento. Meglio portarlo a casa e tenerlo al caldo, come dice Rosina.

Passano due giorni, Iacopo sta sempre male, la mamma chiama Ignazio, il medico di famiglia, che arriva dopo mezz'ora.

Ignazio visita il bambino, la pressione e la glicemia sono basse, il medico ha l'espressione preoccupata e dice che bisogna portarlo all'ospedale più vicino, che si trova a cinquanta chilometri, per accertamenti. Decide di accompagnarlo immediatamente con la sua macchina, un ora di viaggio attraverso le campagne, con le stradine non asfaltate, piene di buche.

Iacopo arrivato in ospedale viene ricoverato subito.

Il sospetto del medico era che il ragazzo avesse l'anemia e dopo le analisi del sangue effettivamente il bambino n'è affetto. Il suo gruppo sanguigno è il più difficile da trovare, 0-RH negativo. Purtroppo in questo ospedale, ultimamente, ci sono stati molti casi urgenti e diversi interventi chirurgici dove è servito tanto sangue e ora ne hanno solo un'ultima sacca.

Sono tutti molto preoccupati perché ne ha bisogno subito, le sue condizioni peggiorano sempre più.

Samuel si agita e inizia a urlare che c'è un modo per salvare il fratellino, Michele corre alla polizia spiegando loro la situazione e con il loro permesso, insieme, portano la scatola sequestrata al bandito Tony.
Giunti in ospedale Samuel dà la scatola al medico, Maurizio, gli spiega come ottenere altro sangue. Il medico sorride, non crede alle parole del ragazzo, poggia la scatola su una barella e dice che non ha tempo da perdere con queste sciocchezze, andando via arrabbiato nel lungo andito, tra i bisbigli degli infermieri intorno che si chiedono perché si comporti in quel modo. Michele e Rosina litigano col medico bloccandolo, per convincerlo che è la verità, ma lui non sente neppure le loro parole.

Samuel decide che deve agire in fretta, prontamente prende la scatola, mette dentro l'ultima sacca rimasta con il sangue del gruppo sanguigno di Iacopo. La mamma e Michele gli dicono di fare molta attenzione a non romperla, ha tra le mani una grande responsabilità, la vita del fratellino dipende da lui in questo momento. Ma Samuel sa bene quello che fa, l'ha fatto ormai centinaia di volte, conosce quella scatola come le sue tasche. Il medico primario sente il ronzio generato nella clonazione del sangue, torna indietro e rimane senza parole alla vista dei colori prodotti dalla scatola. Nel frattempo Iacopo viene portato in sala operatoria in barella da due infermieri, per tenerlo pronto per la trasfusione.

Samuel con tanta pazienza clona una sacca dopo l'altra. Tutti in ospedale corrono per vedere il ragazzo, attirati dai strani suoni, rimangono incantati, come ipnotizzati dalle belle luci che la scatola emana, il suo calore è piacevole, ma soprattutto rimangono affascinati dal suo lavoro, si prospettano nuovi modi di usarla: un modo giusto e con amore per la vita.

Antonio senza volerlo ha creato qualcosa che potrebbe cambiare il mondo intero. I medici presenti parlano fra di loro, intuendo che così possono aiutare l'ospedale per tante difficoltà.

Finalmente arriva il momento della trasfusione, hanno abbastanza sangue per poter eseguire l'operazione. I dottori eseguono la trasfusione del sangue clonato nelle vene del bambino. Passano dieci interminabili ore, il piccolo, comincia a muovere le mani, cerca di aprire gli occhi, ma non ne ha la forza. I dottori continuano a monitorarlo, la febbre è scesa. Sembra si stia stabilizzando.

Nell'ospedale è festa, tutti applaudono Samuel, che con il suo spirito d'iniziativa ha salvato una vita. La mamma è in lacrime dalla gioia, tutti sono commossi e non hanno parole. Samuel è molto stanco, gli infermieri fanno preparare una stanza apposta per lui e la mamma, in modo da essere vicini a Iacopo appena si sveglia.

Sono le dieci del mattino, la notte è passata tranquilla, Iacopo si sveglia e vede la mamma e Samuel addormentati accanto a lui.

-Mamma, Samuel, che ci faccio qui? Il ragazzino non ricorda nulla di quanto successo ultimamente.

La mamma e Samuel urlano dalla gioia.

-Chiamate i dottori. Mio figlio sta meglio, si è svegliato!

La donna inizia a piangere. Troppe emozioni per i suoi nervi indeboliti dai giorni passati con tormento e ansia.

Arrivano i dottori entusiasti. Parlano fra loro, ancora incapaci di capire il meccanismo della scatola, che ha dimostrato di saper fare qualcosa di utile e molto importante.

-Ciao Iacopo! Come ti senti? Gli dice il primario.

-Un 'po' debole.- Risponde il bimbo, sorridendo come non faceva da molto tempo. -Cosa mi è successo? Non ricordo quasi nulla.

Gli spiegano quello che è successo, di come il fratello l'ha salvato con la scatola miracolosa. Ora lo terranno lì qualche giorno per sicurezza.

La voce di ciò che è accaduto si sparge velocemente fuori dall'ospedale, arriva alle orecchie della stampa che si precipita subito, intervistando Samuel e Iacopo, svelando a tutti il loro segreto. Tutto il mondo ne viene a conoscenza ormai, tutti gli ospedali cominciano a chiedere, anche loro vorrebbero il prezioso liquido rosso, ma fino a quando Antonio rimarrà intrappolato, nessuno è in grado di costruire una scatola uguale.

Dopo due giorni finalmente Iacopo esce dall'ospedale, sta decisamente meglio e non vede l'ora di tornare a casa. Gli hanno raccontato del suo papà e vorrebbe abbracciarlo e ridere ancora insieme a lui.

Arrivati a casa fanno una grande festa, invitano tutti gli amici del paese e i parenti, che sono felicissimi di avere accanto persone meravigliose.

Mentre stanno mangiando arriva la polizia:

-Signora, deve venire subito con noi, forse siamo riusciti a trovare il modo di far tornare suo marito. Dobbiamo fare dei tentativi e vorremmo che fosse presente anche lei con i suoi figli.

-Oh mio Dio! Dice Rosina in lacrime.

Tutti vanno in centrale. Da un monitor, un esperto informatico è riuscito a modificare la frequenza di un modem ed a collegarsi col segnale wifi a quello della webcam della capsula di Antonio, dove gli spiega cosa possono fare da lì con i loro computer.

-Ascoltate molto attentamente- dice Antonio, -dovete collegare la scatola al computer e poi io inserirò un codice speciale, però per poterli collegare insieme avete bisogno di un cavo particolare, costruito da me. Lo riconoscerete subito, è blu scuro.

Due poliziotti partono immediatamente verso casa di Antonio insieme a Samuel, invitato dai poliziotti perché sapevano che desiderava sedersi su una macchina della polizia. Arrivati a destinazione Samuel trova la porta del garage socchiusa e all'interno una bella inimmaginabile sorpresa, il suo amico cervo, che in realtà è una femmina e ha appena partorito un bellissimo cerbiatto. Ha scelto quel posto perché lo riteneva un posto sicuro e anche il cervo aveva il desiderio di rivedere il suo amico. Samuel è felicissimo, ha ritrovato il suo eroe o meglio la sua amica, le va vicino e lei gli lecca le mani, lo ha riconosciuto e sembrano amici da sempre.

I poliziotti, frugando tra i tanti oggetti nel garage, trovano subito il cavo che ha chiesto Antonio. Lo prendono con molta cautela, è delicato e prezioso e spezzarlo è facile, è talmente sottile che sembra un filo di lenza per pescare. Samuel rimane con il cervo e i poliziotti ripartono subito.

Tornati in centrale collegano il sottile cavo blu al computer e alla scatola, Antonio dalla cabina digita il suo codice segreto ma non succede nulla.

-C'è qualcosa che non va? Chiede Antonio.

-Si, qui non succede nulla, cosa dovrebbe fare la scatola? Chiede uno degli scienziati.

-Dovrebbero accendersi i led e fare beep, è un computer a tutti gli effetti. Dice Antonio.

-No, qui non si accende nulla. E' possibile che l'uso smodato dei ragazzi lo abbia scaricato? Chiede lo scienziato.

No.- Dice Antonio. -La sua energia è praticamente infinita, si autoalimenta clonandosi automaticamente: l'energia che gli serve.

-E allora cosa può essere? Chiede lo scienziato.

-Forse il computer non ha riconosciuto il dispositivo, ma ha il suo programma interno e non ha bisogno di configurazioni, provate a collegarlo ad un altra presa usb, magari non gli da la giusta tensione, ha bisogno di un voltaggio esatto di 500mA. Se state usando un portatile, sganciate le altre periferiche non indispensabili dalle prese usb, in modo da lasciare tutta la corrente disponibile libera,come hard disk portatili e mouse. Dice Antonio, che da lì non sa che fare.

Lo scienziato stacca dal suo portatile l'hard disk collegato alla presa usb, collega la scatola ad un altra presa e finalmente i led si accendono, Antonio ridigita la sua password e la cabina magicamente appare nel giardino fuori della caserma della polizia, con un gran boato e la terra che trema. I colori sono vivi come quelli della scatola e il calore generato è talmente tanto che tutti si tolgono i pesanti giubbotti invernali.

Antonio finalmente, dopo chissà quanti tentativi, è riuscito a rientrare nel suo mondo, con l'ammirazione e il ringraziamento di tutti i presenti e tutta la città, che festeggiano la sua grande invenzione.

Antonio è molto emozionato e non si aspettava un'accoglienza così calorosa. I suoi figli lo abbracciano in lacrime, felicissimi di rivederlo vivo e famoso, ora è un grande eroe anche agli occhi della moglie che sta al suo fianco fiera dell'uomo che ha dimostrato di essere: per lei e per tutto il mondo.

E incredibilmente, dal momento del suo rientro le nuvole sono sparite: i violenti temporali che avvenivano da due anni erano causati dalla cabina creata da Antonio. Era un difetto che non aveva notato, ma poi aveva risolto migliorando la sua invenzione, riuscendo poi a viaggiare nella dimensione in cui era, rientrando facilmente più volte. Aveva ancora tanto da migliorare, voleva riuscire ad esplorare dimensioni parallele, fin da bambino era convinto che ce ne fossero tantissime. Voleva vedere se esistevano altre forme di vita al di fuori del suo mondo conosciuto, un mondo che ha dimostrato di essere pieno di cattiveria, di voler sfruttare qualsiasi cosa gli capiti tra le mani, senza pensare all'amore che ognuno di noi ha dentro, nascosto in fondo al cuore.

Ma grazie a Samuel e sopratutto Antonio, con la scatola magica ora le cose cambieranno per sempre, per tutta l'umanità. Ci sarà cibo per i paesi più poveri, acqua nelle dighe vuote, le automobili avranno energia pulita e infinita. Non sarà più necessario sfruttare la natura per tirare fuori materie prime. Grazie a questa lezione, tutto il mondo ha imparato a vedere le cose con occhi diversi, lasciando da parte l'avidità e l'egoismo.

FINE

Un ringraziamento in particolare a tutti i miei amici e parenti, che mi hanno incoraggiato a fare questo passo per scrivere il mio primo libro (spero non ultimo,grazie anche a tutti voi che lo avete letto).

Un ringraziamento speciale a :

Luciana Scanu (Mia compagna e collaboratrice del presente libro)

Claudia Merlo (Che ha prestato la sua collaborazione nella correzione ortografica)

Luciano Musu (Per i suoi preziosi consigli e autore del libro <<chiudo gli occhi e...>>)

Maurizio Pischedda

Ignazio Medda

Stefano serra

Mariagrazia Locci

Roberto Lampis

Giovanna Portas

Massimo Pani

Quanto narrato in questo libro è opera di fantasia. Ogni riferimento a cose, persone o fatti realmente accaduti è puramente casuale.

Per qualunque critica o informazione scrivere a :

Email : marcialis.massimo@yahoo.it

Finito di stampare nel mese di Agosto 2016
per conto di Youcanprint *Self-Publishing*

www.ingramcontent.com/pod-product-compliance
Lightning Source LLC
Chambersburg PA
CBHW020941160726
47993CB00007B/2887